심연心淵 속으로

심연心淵 속으로

2024년 3월 29일   초판 1쇄 인쇄 발행

지 은 이 ┃ 윤성오
삽   화 ┃ 윤성오
펴 낸 이 ┃ 박종래
펴 낸 곳 ┃ 도서출판 명성서림

등록번호 ┃ 301-2014-013
주   소 ┃ 04625 서울시 중구 필동로 6 (2, 3층)
대표전화 ┃ 02)2277-2800
팩   스 ┃ 02)2277-8945
이 메 일 ┃ ms8944@chol.com

값 10,000원
ISBN 979-11-93543-65-8

윤성오 시집

심연心淵 속으로

도서
출판 **명성서림**

인사 글

지난날을 달구었던 열정은
곱땃스레*로
향기를 품어

필의 나부낌 따라 심연은 소용돌이쳐
기억에서 꺼내놓은 면면들
이상의 관점으로
그어 나간다.

사유에 생명을 불어넣으니
의도는 시인을 원망하고

세상에 까발린 옹이에
그랬던 것처럼 스며들기를
소망 하련다

*곱땃스레 : 모자람 없이 꽉 차게

차례

3부

4부

5부

1부

서 두 書頭

어느 날 오후 티비를 보시다가 정색을 하며
"나 치매 걸리면 어떻게..." 라고 물어 보신다

"그럼 요양원으로 모셔야지"
무심코 대답을 하였더니

쾅~하고
방문에 서운함을 떨구며 들어가신다

무심코 뱉은 말 한 마디가 많이 섭섭하셨나 보다

사그랑이* 된 듯 엄마가 애처로워
가시로 뱉은 말투가 명치에 걸려 내내 답답하기만 하다

울 엄마 마음만은 닫지 않았으면 좋으련만
"내가 왜 엄마를 요양원으로 보내고 싶겠어요."
옹색한 변명이 눈물을 밀어내고

녹녹치 않은 세상살이에
치매를 간병한다는 현실 앞에 마주하니

그동안 키워준 은혜에 보답이라곤
배신감이 들었을 생각에 죄스럽기만 하다

막연한 현실 앞에
미묘한 감정이 쌓이고 쌓여

안타까움이 발목을 잡으니
깊지 않은 생각은 나를 꾸짖고

방문을 쳐다보는 내내
두 뺨에서 눈물이 일렁인다

나 또한
저 길 앞에 줄을 세우니
한숨이 변명처럼 심장에서 뛰쳐나오며

"사랑하는 울 엄마 정말 오래오래 사셔야 해요."
되뇌어 보니

닫힌 방문에서 어머니가 배여 나오고
눈물이 어깨를 흔들고 있었다

* 사그랑이 : 죄다 삭아서 못쓰게 된 물건.

내 삶을 눈물로 채워도(치매)

지워진 기억 떠 올리려 해도
정작 당신이 누구인지 모르십니다

추억에게 닦달 해 보아도
뜸하게 토해내고

긴 병에 효자 없다는
서운함은 잊어버린 채

의지와는 상관없이
늙은 어머니의 엄마가 되었습니다

각박한 세상 내려놓고
자식들의 걱정
잊고 사는 것이 행복하십니까

반문을 해 보아도
마냥 웃기만 하십니다

놓아버린 기억
참 편해서 좋겠습니다

울먹이는 핏줄의 절규
대궐집 짓고 살면 묻혀 지고
호위호식으로 살면 잊혀 집니까

온기 못 잊어
잡은 손끝에서
천륜의 정 흘러내리는데

돌아서서 눈물짓는 딸에게
"엄마 울지 마" 라며 투정부리듯

넋 나간 당신의 자리를 제가 채울 수만 있다면
눈물이 서러워하지 않을 것입니다

몹쓸 놈의 치매
자식 연 끊어 놓고

이 땅에서 소풍 끝내고
날개 달고 하늘로 돌아가실 날
멀지 않았다는 걸 눈물이 전해 줍니다

좀 더 잘해 드릴 걸 되뇌어 보니
어머니 처다 볼 용기마저 사라져 갑니다,

햇살 1

양지를 걷고파
소리 없이 스며들어

두 팔 벌려
포옹을 하니

온기를 깨문 속삭임
황홀해서 눈이 부시다

목련화여

순백의 화관에
넋 잃어 바라본 순정

차디찬 민낯을
달빛에 드리우고

"바람 먹고 구름 똥 싸듯"* 너에 생을
한 겹 한 겹씩 희롱하는 구나

밤이면 살며시
여린 살 열어주니

달빛마저 목매여
애간장에 홍분을 분칠하고

유혹에 물들지 않으려 해도
허한 마음 뭉텅이로 쌓이는구나

춘삼월에 맺은 사랑
짝사랑에 빠져 보니

나의 사랑 목련화여
연처럼 끊어진 인연의 오라기

거리를 쓸고 간 청초함이
아파서 너무 아파서 민낯은 탈색이 되고

두 번 다시는 선보이지 않으려
한기를 쓸어내리듯 매몰차게 쓰러지네

미련에 남긴 너의 순정
식어버린 꽃잎은 냉골과 다투고

아쉬움에 남긴 보안 환복
환생하려 온기를 그리워해도

나의 사랑 목련화여
너 또한 첫사랑에 멍마저 들었구나

* "바람 먹고 구름 똥 싸듯" : 허황된 짓을 하는 경우를 비꼬는 말

햇살 2

내려선 날갯짓
온화하게 다가서려

따스한 손길로
부드럽게 내밀었네

노을 1

수평선을 채우려 해도
가을의 말미처럼 의지할 곳 없고

쌓인 고뇌의 허전함마저
끝자락에서 아우성을 치니

지는 해 언저리까지
붉디붉게 피멍을 들었네

터인 그곳 시린 쪽빛으로
언어의 빛깔을 능선에 풀어놓으니

머물 곳을 잃은 유희遊戲
하늘을 감별鑑別하려 수 놓나보다

그리움에 젖어서

가을비가 소리 없이 내리는 아침
창밖으로 그리움 하나 스쳐 갑니다

빨간 우체통이 반겨주는 찻집에서
가을비를 무척 좋아했던

긴 머리 소녀를 만난 것은
오늘처럼 비가 내리는 우연이었습니다

첫눈에 반해버린 그날의 인연으로
비가 내리는 날이면 추억을 적시기도 합니다

찻잔에 아롱진 인연은 말라가지만
그날의 그리움은 눈꺼풀에 매달려

눈물 적신 손수건마냥 뒹구는 낙엽처럼
심정은 참으로 무거웠습니다

소녀와의 추억은 빗물을 머금듯
탈색된 시간들로 허물어지고

서러웠을 그리움을 잊지 못해
그날을 발라내는 아련함을 여며 보았습니다

맺힌 빗물은 살점을 파고들어
지난날을 되새김하고

가을비에 풀어놓은 낙엽들은, 그날을 꺼내어
한 잎 또 한 잎씩 연민에 허기를 채우려 하나 봅니다

햇살 3

마음마저
우울할 때

온 몸으로 품어 주니
느낌만으로도 따사로웠다

햇살 4

볕 좋은
하늘에

따뜻해서
감동이고

나도 너처럼
이고 싶다

별똥별

숨소리조차 잠들었던 새벽녘
미동조차 조심스럽고

손 내밀어 잡으려니
선 그으면 달아나 버렸네

마음을 훔치고
줄행랑치는 사랑꾼

허공에 그려질 그리움은
이별이 아쉬워 반짝이고

외로움에 지친 기다림은
희롱하듯 사라지니

억겁의 인연 되어
눈물선 마르기 전 돌아오시겠지

햇살 5

그늘을 훔친
차디찬 냉기

온기를 부축 받아
따스하게 스며들어

포근히 감싸주니
눈이 부시었다

고 래

깊숙한 그곳
지켜온 붙박이

오대양을 주름잡았던
심해에 쌓인 고뇌

닮아가기를 원하니
짙게 베여들었다

고래는 내일도 오늘처럼
큰 포용하려 지닌 것을 비우고

짙은 바다를 유영하며
이마저도 비워 놓았다

햇살 6

외진 곳 다가가
손 내밀어 품어주니

발길 머문 자리
촉감마저 따뜻하여

온기를 담아두니
양지가 되었네

석 류

볼 빨간 수줍음
햇살에 늘 부러지니

시린 입맛 고인 침샘
상큼하게 배여 들고

꽃보다 귀한 인연
가지마다 맺혀 서서

간질이는 뙤약볕에
송이송이 만개하여

향기 씌워
유혹을 하려네

흐드러진 알갱이
사랑이 무거워

전율로 적시니
상큼하게 미소 지어

이 봄에 영근 사랑
입 벌려 감탄하고

너라서 귀하여
새콤한 입맞춤

혀 속으로 마른 침
길 터였네

햇살 7

훑고 지나온 너
머물러 있고

멍 때리려
꽂혀보니

해 멍으로
생각마저 쉬어간다

본 디

방울방울
진실이 터지니

말들의 온갖 투전들
팔랑 귀는 허구를 나르고

무성한 말잔치
의미가 던진 면상에

민낯 맑게 게인 날
내면은 청렴하겠지만

몰랐겠는가, 마는
추함에 가식을 씌우니

인간의 본성
선과 악의 양면이었네

햇살 8

다가선 걸음마다
의미를 품어내고

청춘을 짜내면
눈앞이 몽롱하여

그가 지닌 필연
세월은 시들어간다

비 리

인간들의 만행
퍼렇게 질려있고

행위마저 조작하여
미물도 숨 막히는데

마음은 콩밭에 있고
욕심은 바다만큼 넓혔다

이론을 핥으니
논리는 파도를 치고

우리가 품어야 할
공동의 유산

나도 아프고
바다도 아프다

햇살 9

음지를 데우려
열정을 지피면

내일은 희망이라
꿈을 품었네

건반(횡단보도)

운집한 군중 속
또렷이 응시하며

시동을 걸어 놓으니
달려든 시간에 쫓겨

종종거리는 걸음은
편리를 추구하는

생사의 갈림 길로
순환하듯 스며들었네

하얀 철장은 도로에 누워
거리에 갇힌 신세

디딘 발자국
목숨을 건 탈출은

피아노 건반 따라
도하 중이었음이라

햇살 10

나른한 걸음
봄을 잉태하고

목마른 갈증은
여름을 태우고

가을이 영그니
결실이 무거워

헐벗은 날이여
눈 덮인 겨울에도

온화하게 나부끼려
미소만 지으라 하네

햇살 11

곁에 있는 것만으로
힘이 되어 용기를 주고

외면하여도
느낌은 포근하니

행복이라 자꾸만
품으라 하네

이슬

터질 듯 말 듯
올망졸망 돋아나

수려하고 영롱하여
영혼을 덧칠하였네

봉긋한 젖무덤
그저 와 준 것 없듯이

시린 새벽녘
숨 죽여 줄 세우고

만삭의 일곱 빛깔
수정 채에 투영되니

혼몽昏懜이라 디뎌 서려
속절없이 맺힐세라

햇살에 쫓긴 신세
운명은 졸아들고

설렘이 부풀어
알알이 영그니

완벽한 곡선
시리도록 맺혔었네

달빛에 쓰는 편지

달빛 스며든 창가에
사랑 하나 걸렸습니다

편지지에 내려앉은 달빛으로
첫사랑의 달콤함을 그려 넣고

어둠속으로 숨지 못하도록
눈이 부시게 창가를 밝히렵니다

아침이 밝아 오면 달빛에 그려진 사랑은
그리움으로 아련히 여미어 오겠지요

첫눈이 창가로 스며들 때면
한 자 한 자 또렷하게 써 내려가렵니다

편지지에 내려앉은 달빛이
첫눈과 함께 눈이 부실 때면

품속에 고이 접어둔 사랑이
떠나지 못하도록 어둠속을 밝히렵니다.

사랑을 품은 사연에는
어둠을 녹일 만큼 달빛이 숨어있어

첫눈이 내리는 날에는
나의 마음을 전하려고 달빛을 밝히렵니다

첫눈이 내리는 날에는
나의 마음을 전할 수 있다면 얼마나 사랑스러울 까요

아침이 밝아 오면 달빛 품은 햇살은
첫눈과 함께 영롱하게 스며들 것입니다

햇살 12

늘 가까이 있어도
느끼려 다가서고

스치는 손길마다
따뜻하게 보듬으니

알몸으로 유혹하여
눈부시게 날리었네,

햇살 13

온 몸으로 품어라
두 팔 가득 벌려주니

꼬물거린 온기
따스하게 다가와

온화한 입김마저
한없이 포근하였네

사랑 한 잔 하시겠습니까

취하도록 마시고 싶은 날이 있습니다

그런 날은 몸이 원해서가 아닌
사랑이 원해서입니다

한 잔 술에 세상을 다 마셔도 취하는 상념想念은
가식이 아닌 진실인가 봅니다

가슴속에 채워진 그리움은
또 다시 사랑으로 배여 들겠지요

취하도록 마시고 싶은 날은
사랑이 원해서입니다

공허한 마음에 채워지는 것은
허기진 사랑이겠지요

채워도 채워지지 않을 빈 가슴은
옛 추억과 사랑 한잔 나누고 싶습니다

취하고 싶은 것은
사랑이 취하고 싶을 뿐이기에

오늘 저랑
사랑 한잔하시겠습니까

동백 冬柏

백설 위에 나부끼는 빨간 배자褙子는
햇살을 입으니 더욱 화사해 지고

옷섶 사이로 살포시 고개 내민 저고리는
수줍어 샛노랗게 물들어간다

고귀한 자태는 눈 덮인 담장 너머로
은은하게 흘러넘치는데

엄동설한에도 우아함은 흔들리지 아니하여
아름다운 곡선은 맵시로 노래를 한다

도도한 치마 자락에서
초록의 주단이 물결치는데

양귀비에 비교될는지
장미의 미모마저 흔들리는지

빙설氷雪에 영혼을 빼앗기니
동장군의 질투는 혼령을 얼리는 마법으로

만개한 동백은
겨울을 훔치는 마녀라 부르고 싶다

2부

햇살 14

너라서 소중하였고
귀해서 다가서니

따스하게 스며들어
온 누리에 피었네

햇살 15

쏟아지는 따사로움
나른해서 잠들었네

부드러운 손길 따라
너에 품이 그리워

나풀거린 아지랑이
꼬리를 치네

별을 품은 그대여

에메랄드빛이 물든 밤하늘엔
페르세우스의 눈이 되고

안드로메다의 사랑으로
물들어 보리라

시린 가슴에
반짝이는 그리움으로 수를 놓으니

낡은 표현들은 촘촘히 반짝이다
가슴으로 내리 꽂고

까만 창을 두드리니
서럽도록 눈물 쏟아 놓았네

차마
말하지 못해 떠나는 변명일 지라도

눈이 부셨던 사랑으로
뜨거운 포옹의 심장으로

별을 품은 그대를 위하여
사랑을 쫓는 화살이 되리라

첫눈이 내리는 날에는

첫 눈이 내리는 날에는
사랑이 녹아 버릴까
열정을 더 하렵니다

첫 눈이 내리는 날에는
사랑이 지워 질까 두려워
뜨겁게 감싸 주렵니다

첫 눈이 내리는 날에는
부드러운 입맞춤으로
언 입술을 녹이려 합니다

첫 눈이 내리는 날에는
눈 속에 사랑이란 이름을 새기고
나만을 기억하고 덮으렵니다

첫 눈이 내리는 날에는
사랑을 추억하도록
발자국을 새기렵니다

첫 눈이 내리는 날에는
사랑한다는 의미로
빨간 장미를 전하려 합니다

그리하여
나만의 사랑이 변치變置않도록
순백으로 품으려합니다

햇살 16

솜털처럼 날리어
촉수를 간질이니

발아하여 눈부시어
품속에서 잠들라 하네

햇살 17

담벼락에 기대어
온화하게 받쳐 들고

냉기 머문 허공에
미소가 어리니

따뜻해서 감동이고
너라서 보듬었다

야 화

달빛 씌운 허공으로
눈빛 서늘한 어둠에 손 내밀어 보셨나요

흐드러지게 나부끼도록
햇살 여민 향기를 품어 보셨나요

어둑한 까만 밤이 타들어가니
미색을 띄운 해당화는 짖은 화장을 하고

날선 비수를 장착하여도
반하여 반하도록 매료되셨나요

밤을 희롱하는 의문을 등에 지고
노을을 태울 불바다를 연상하셨나요

새벽녘 달빛 속으로 드나들어
불놀이의 화려한 매개를 물고와

태양을 머금은 화사함을 기억하려
시린 어둠속으로 잔고를 흘려 보셨나요

두루미 외발의 고집처럼
불타는 용암의 명맥처럼

달빛도 별빛마저도 뚫지 못하는
답답한 심장의 소화불량처럼

어둠속에서 의미를 지키려는
사랑의 옹이, 그 이름 야화랍니다

자작나무 숲에서

자작나무 숲에 새겨진 추억을
내장의 허기처럼 곱씹어봅니다

햇살이 잘 드는 벤치에 앉아
촉촉이 젖은 눈망울로

지난날을 그리워하는 것은
아직도 못다 함이 남아있기 때문입니다

더욱 잊을 수가 없는 그날이기에
오늘도 자작나무 숲에서
지난 추억을 연민 하는가 봅니다

우연이라는 이름으로 그려놓은
그대 그리움을 말없이 사랑하였습니다

그리움이 물든 지난날에는 자작나무 숲에서
그대 향기를 내 가슴 깊은 곳까지
몽땅 채워도 보았습니다

그날이 생각날 때면 책갈피 속 기억을
하나 씩 꺼내어 향기로 띄워 마셔 봅니다

바람이 스쳐지나간 자리에는
텅 빈 마음만이 외로움과 동행을 하고

지난날을 그리워하는 향기는
오늘도 자작나무 숲을 못 잊어
하얀 바다를 떠돌겠지요

햇살 18

앙상한 마디마디
온화하게 보듬으려

흥분된 시선 따라
손등을 간질이니

만발하여 피어나고
따뜻해서 반길세라

햇살 19

숭고한 날갯짓
뉘엿뉘엿 넘어갈 때

의도가 가상하여
허락하였네

서리꽃

기다림이 옹골져
언 땅에 필적

서러움 베어버리려
차가운 비수를 들었네

열정에 날 세워
공기마저 장악해 버리니

새벽을 움켜지려
꼿꼿이 박혀 있었네

지독하게 꽂힌
냉기 품은 새벽녘

아침이 기척이니
오롯이 허물어지고

홍 근하게 산화하여
흔적을 감추니

한 품은 서리꽃 차갑게 아롱지려
기억마저 얼려놓았네

설레는 마음

봄바람이 속삭이듯
날 부르더이다

꽃향기 날릴 적에 사랑 찾아
내 마음에 살며시 옮겨 오시라고

설레는 마음일랑
연 분홍 꽃잎 속에 숨겨두어

그대 두 눈 속에 내 모습이 비춰거든, 수줍은 듯
살며시 사랑고백 하시라고

사랑이 손짓하며 날 부르더이다

아련한 임의 향기를
설레는 마음으로 느껴 시라고

사랑하는 마음일랑 두 손에 고이 담아
임의 향기가 날리거든

사랑이 물들도록
가슴 깊이 곱게, 곱게 뿌려 주시라고

햇살 20

뽐 내지 아니하고
과하지 아니하니

소외된 곳까지
스며들었네

3월에 쓰는 편지

햇살 쏟아지는 창가에
빗장을 걸어두면 좋겠습니다

사랑이 떠나지 못하도록
못다 한 말들은 편지로 띄워

그대와 함께 거닐었던 숲길에서
사랑을 이어 보려합니다

3월에 쓰는 편지에는
진심이 담겨있어 달콤하겠지요

오감이 깃던 손끝으로 연분홍 편지지에
사랑의 언어를 숙성 시키렵니다

향기가 물든 편지에는 능금 빛 미소를 띠우는
누이 같은 그대에게 전할 수 있다면 얼마나 행복할 까요

작은 나부낌에도 마음은 흔들리지만
소중한 사랑은 변치 않을 것입니다

3월이 물들어 오면
그대와의 소원해진 마음을 데우렵니다

3월이 물들어 오면
그대가 되어 편지를 쓰겠습니다

햇살 21

미소 짓는 나부낌
손길 따라 일렁이고

층층으로 채운 입질
채우고 또 채우려

흐드러지게 날리어
꽁지를 간질이니

바람난 아지랑이
허공마저 홀려놓았네

햇살 22

온기 풀어
간절하여

한 뼘 또 한 뼘씩
살결에 맞닿으니

나도 너처럼
흥분을 하노라

본 本

혓바닥을 적시니
쓰고 떫고 단맛이 배여 있어

담긴 그릇은 고상해도
내용물과는 경계를 이루고

푸른색 사기沙器의 감촉은
후각과 시각과 미각에 비교되었네

어떤 이는 나를 보고 이북사람이라지만
태어난 곳이 남쪽인데

아버지의 아버지가 차례대로
소환을 당하셨고

뿌리의 뿌리는
이북이 원적이었네

나는 남쪽 사람인데
내면을 들여다보니 백토였음이라

겉은 푸른빛이 감도는 청자로
갈라진 틈 사이로 허연 본을 이루고

이북사람이라는 본은
거칠고 강하여 분별력이 있다 할지라도

푸른 사기의 내면은 진국으로
본은 이북이고 태생은 남쪽이래도, 백토라

만물의 근본根本은
바탕에 깃들어 있음이라

절 규

허공을 향해
매미가 말 걸으니

소리에 한을 켜내
목청을 길게 뚫어 놓았다

여름을 부러워하는 자락에
달콤한 사랑을 숨겼나 귀전에 비벼보니

칠 년의 기다림이 절절하여
하늘로 구혼을 증폭 시킨다

계절의 문턱을 밟고 서서
이슬 칠한 곁가지에 줄 세워

긴 기다림의 사랑을 풀어놓으니
자초한 숭고함이

더 진하게 품어주려
세월에 부딪쳐

귀전을 울리는 파장에 맞닿으며
여름을 서둘러 영접하고

맴 맴 맴
사랑이라 노래를 한다

햇살 23

등으로 짊어지니
시선이 따갑고

가슴으로 보듬으니
포근함이 느껴져

사랑님 수줍어서
땀방울이 맺히더라

해바라기

담장 너머로
고개를 들어보니

여름이 머문 기억 또렷하고
기어오르는 시간을 걸려보니

햇살도 쑥스러운지
고개를 숙이며 뜨겁게 웃는다

멀대같은 면상으로
햇살 잡으러 깨금발 올라서고

하늘도 더운가
고개 들어 바람을 주워 먹는다

높은 곳에서 내려다보니
계절의 끄트머리 저만치 서있고

애 타도록 여름을 닦달하니
가랑이 사이로 가을을 물어 온다

햇살 24

흐느적이며
내려선 따사로움

하늘마저 낯을 가려도
변치 않을 열정으로

천년 만 년
꺼지지도 아니 하네

인 생

시간을 재촉하니
쌓아둔 세월은 고랑을 이루고

열정으로 채운 청춘
바람에 부서져 조각나고

인생의 파란波瀾
온기가 남긴 정이라지만

경험으로 삼킨 인생
쓴 맛도 느껴지더라

인생사 단 맛만 어디 있을 소냐
이 모두가 내 탓인 것을

햇살 25

온 누리에 나누려
감촉을 깨우고

외진 곳 음지까지
힘주어 보듬었네

햇살 26

꽃잎 베어 문 수줍음에
향기 가둬 거친 숨 몰아쉬니

시선에 가려질 이마저도
보는 것만으로도

너무나 황홀해서
눈이 부시다

달맞이꽃 1

까만 밤이 외로워
달빛을 씌워놓고

어스름한 사이로
스며든 별빛마저

홀로 지새운 그림자에
외로움을 적셔줍니다

흥분된 마음 다스리려
어둔 빗장을 채워놓아도

고인 그리움 지울 수가 없어
허공을 더듬으며

외로움에 지친 야밤
은은하게 물들이려고

임 마중 반기려
앞섶 풀어 헤쳐 달려 나가니

당돌한 민낯은
바람난 달빛에 나부끼더라

달맞이꽃 2

1,
온기 차올라
대지를 간질이고

샛노랗게 갈아입은
고혹적인 미소는

달빛을 무등 태워
까만 밤을 흥분시키니

숨죽인 설렘은
낱장 뒤에 숨어있었네

2,
수줍어 화장도 못하고
달빛에 감추려

차가운 민낯을
야하다 입 맞추려 하였네

3,
밤이슬을 핥으니
자궁 속 발아하고

애정의 행각은
여명이 다가서도

매듭진 정절貞節로
순정이라 부르리라

4,
임 그리려 적신
말간 홑껍데기

별빛이 간질이고
햇살이 유혹해도

꽃잎은 절개요
달맞이는 순정이라

외로움을 가시려
이 밤도 달빛에 목 메이니

냉 냉한 달빛은
그리움을 가두려 하는구나

햇살 27

어둠을 걷어내려
허공으로 옮긴 걸음

하늘가득 뿌려둔
미소에 취하여

아지랑이도 잠들라
눈꺼풀마저 휘어놓았네

연분홍 홑옷

꼬깃꼬깃 접고 접어
흥분하여 발 디뎌

어여쁘게 피어나려 색색을 드리우고
향기로 물들이니 물 오른 가지마다

질속에서 착상 하였노라

산들거리는 나래에 살며시 기대어
연분홍 꽃잎 바람에 선보이는 날

흥분한 자궁은
연분홍 홑옷만 날려주더라

햇살 28

시선에 맞닿아도
만질 수가 없지만

허공에 머물어도
느낌은 따사로웠네

3부

바다여

산기슭 따라
잠든 듯 스며들어

개울 지나
도랑에 다다르니

강물은 쉽 없이
여울 처 흐르네

심심한 강물이
바다에 맞닿으니

검푸른 망망대해
밀리고 쌓여

바다라 부르려고
짜디짜게 절인 세월

숨죽인 지난 절규
심해深海에 잠들었네

햇살 29

실체도 없이
다정하고

의도도 없이
타오르니

느낌만으로도
포근하였다

봄소식

남겨진 냉기
촉수에 스며드니
생각마저 시리다

허기를 달래려
온기 품은 그날을
물어온다

감성의 기대
홑적삼 움켜쥐고
터지는 미소로

들뜬 모습
움 트려 꼬물 그리다
발아하여 향기 풀어

햇살마저 들춰 업고
따스한 기다림
저만치 서있었네

햇살 30

눈이 부시어
바라볼 수가 없고

간절하기에
버릴 수도 없다

세상을 지필만큼
포근하여

나도 너처럼
이고 싶다

사 색

1,
함초롬한
그 시절

가슴 품었던
그때를 기억하시나요

2,
하얀 저고리
순백으로 걸어 두고

단아하게 담아내던
설렘을 아시나요

3,
추억을 담은 영혼
고독의 비늘마저

되새김에 추려내니
바람이 스며들어

가을의 사색은
소리로도 품어낸다

4,
서걱거린 바람이
머릿결을 쓸어 올리니

가을은 심장을 갉아먹고 남긴
옹이를 두고두고 매질할 뿐이어라

햇살 31

구별 없이
차별하지 않으니

외진 곳까지
손 내밀었네

방해받지 않으면
힘주어 다가서네

햇살 32

말없이 딛고서
조용히 매달려

허공에 뿌려두니
바람은 온화하여

손길 따라 온기 따라
사랑마저 부풀었네

파도 1

날선 서러움
하얗게 뿌려지고

억겁의 가슴앓이
햇살에 떠다니다

검푸르게 발아하여
소리치며 고개 드네

심연에 숨어들어
지독하게 절여놓고

부서진 몸부림
소복 자락 날리면

뼈를 묻는 통곡으로
하얗게 저며 놓았네

나눈 정 못 잊어
덧없는 그리움이여

추억을 재단하려
무정타 돌아서고

파도의 절규
바위에, 영정으로 새겨두었네

우체통

그리움의 오라기
시간에 줄 세우고

자잘한 사연들
행행으로 쌓여가니

무심한 면상은
얼굴만 붉혔네

임 생각 그리다
손꼽아 세어보니

돌아올 메아리
삽짝에 목매이고

흥분한 우체통, 기다림에
망부석이 되었네

햇살 33

창에 걸어두니
눈부시게 투영되고

허공에 나부끼니
욕심은 덧없어라

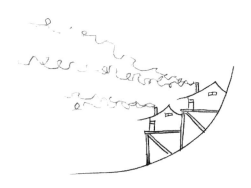

개나리의 채비

감당치 못하게
알알이 맺히어

반짝이며 걸어두니
자궁에서 터지더라

봄바람이 간질이니
별을 품어 잉태하고

나목의 꼬랑지에
노랗게 발아하여

유혹으로 채운 시선
샛노란 향기로

이봄 사랑 놀음에
즐길 채비나 해 보련 가

허공을 물들이고
별을 닮은 모습으로

봄단장에
혼령마저 속이리라

햇살 34

다가설수록
따뜻하고

보듬을수록
포근하다

나도 너처럼
품고 싶었다

벤 치

쉬어 가려면 내게로 와
너만을 위해 비워둘게

외로우면 달려와
온기 남겨 놓을 테니

슬프거나 지칠 때도
여기서 기다릴게

동 터는 아침에도 오려 무나
늦은 밤에도 기다릴게

비 내리고 눈이 내려도
묵묵히 기다려줄게

쉬어갈 수 있도록
너만의 자리가 되어서

행복도 남겨둘게
정 나눌 수 있도록

햇살 35

온 몸으로 맞이하니
포근하게 감싸주고

외롭고 쓸쓸할 때
너라서 든든하다

함께하니
따뜻해서 행복하다

도 배

벋긴 알몸, 거죽의 무게
벽속에 숨겨놓은 고독을 까발리니

이 풍진 세상 누렇게 물들이고
침묵하며 지낸 세월 벽을 보며 참회하네

방사한 각질로 어제를 긁어내고
각박한 세상에 풀칠을 더하니

새 옷으로 갈아입은 세련된 눈썰미에
다시금 태어나라 쓰다듬어 주었더니

변신은 무죄라
새 옷으로 갈아입었네

햇살 36

바라만 보아도
기분이 흥분되고

온몸으로 느끼니
이 순간이 더 행복하다

커피 향기

코끝을 간질이는 향기에
그리움을 질기게 불러들이고

주황의 따사로운 조명아래
미각의 자격을 소환해 놓았다

그윽하게 발군 입맛
재즈 음악으로 귀를 뚫어 놓으니

찻잔에 아롱진 그 맛에 반해
터지는 향기로 목젖마저 장악해 버리고

미련이 홀린 미각을 침전시키니
의혹의 뒤끝을 서둘러 봉합해 버린다

전율 당한 그 고문을 잊지 못해
배속으로 압사시켜 버리는데

비가 내리는 날에는
그리움이 깃든 헤즐럿 향기에 입맞춤을 하리라

햇살 37

가까이 할수록
따뜻하고

곁에 있는 것만으로
포근하다

사랑 받기 위해
태어났다

달맞이꽃 3

달빛은 다 익지 않은
허기 속에 지릅뜨다*

차갑게 씻긴 어둠을
샛노랗게 물들이려고

무심했을 새벽녘
관능官能을 찾아 마중하니

기억을 헹구고
허공을 뚫어

가련한 모습되어
향기 품어 나빌 레라

햇살을 영접하니
발아될 몸서리

살 내 음으로
사랑을 뜨개질하는 감성이 되어라

* 지릅뜨다 : 눈을 가로 치올려서 뜨다

햇살 38

품으려
디뎌서고

보듬으려 내려서니
눈부심이 일렁인다

손끝으로 띄운 감성
경계는 사라지고

부드럽게 디딜 곳
하늘 아래 맞닿은 곳

속삭이듯 품어주니
알몸으로 머물었네

꽃이고 싶어라

햇살은 사랑을 잉태하려
몽환적인 세상을 눈멀도록 펼치려고

흥분된 자궁이 터지니
숨 가픈 호흡만 닦달하더라

송이송이 만개하여 어여쁘게 물들이면
혼몽에 터지는 향기로 만발하리라

사모해서 사랑하여
꽃이어서 향기 품어 반하도록 눈멀었네

두 눈에 담고 담아
나도 너처럼 꽃이고 싶어라

햇살 39

우리는 오늘도
어제처럼 함께 하였다

단지
만질 수가 없었지만
느낄 수는 있었음이라

햇살 40

너에 행동은
만고萬古의 심장이 되었고

너에 배려는
흉내 낼 수 없는 가치로

아무른 대가도 없이
오롯이 강열하였다

소중함의 가치

바람에 긁힌 잎 새처럼
지난날의 고단함을 소환해 봅니다

풍만했던 청춘은 탈력을 잃어 시들어가고
보듬어 주시던 버팀목에서 진을 빼 먹었습니다

부모이기에 가장으로
모진 풍파가 눈물겹도록 서러웠을 것입니다

자식들의 미래가 후리치니
고단한 일생은 쉼 없이 야위어 가고

용기와 폐기의 젊음을 담보로
만삭의 소망을 채우려고

찰거머리 같은 중독성을 부여잡으려는
일생의 위대함에 저절로 고개를 숙일 뿐입니다

지난 세월을 열어보니 제살을 깎는 희생으로
다시 못 올 풋풋한 시절과 맞바꾸었던 희생

부족했던 과거를 돌이켜 불러보니
소망을 품은 열정은

희석되지 않은 원액의 색감으로
정성을 다한 노을의 노고를 소환해 만져봅니다

삶이란 위대함에 경의를 표하며
가치를 소중히 보듬으렵니다

초승달의 야행

해동되지 않은 어둠 속에서
별빛은 깃대를 올리고

달빛은 낭만을 저으니
사랑을 기다림으로 이어 놓으려

까만 하늘가 베어 문 달그림자에
사랑을 찾으려 그어 나갑니다

검게 그을린 어둠속에
허기진 입술은 미소만 아롱지고

어둠에 띄운 뱃길 따라
애정을 찾아 헤매는데

꼬리 문 야행은 임 그리워
사무침에 낚시 줄만 드리우고

일엽편주에 마음을 띄워
임 찾아 헤매나 봅니다

햇살 41

눈부심은
언제나 밝았고

함께 나눌 수 있어
온기라 불리었다

이태원의 밤

이태원의 하늘에 어둠이 밀려오면
생을 갉아먹은 피멍들은 도드라지고

살고 싶다는 간절함에
아우성이 터져 청춘을 밟고

마비된 소임을 태질*하자
무능이 참상의 절규를 묻어 버린다

자만이 민의를 업신여기니
피우지도 못하고 시들은 청춘들은

분노에 두 주먹 쥐어 본들
목 노 판에 줄 세운 술잔처럼

쓰러지는 현상을 변명이라
헛소리로 대신할 수 없었고

진의조차 꼬리를 자르니
그날의 책임은 양심을 죽여 버렸다

진실과 맞서려는 내 편이 없다는 척박함에
이기利己와 오만傲慢이 상식이 되었고

규명을 속아내려는 주검 앞에
분노로 불신을 막아서도 척살당한 공기의 질감마저
비 양심 쉽게 변하지 않고

사고를 파헤칠 상식이라는 놈들마저 압살당하니
멈춰버린 시간은 10월 29일이 일기장에서 사라졌다

살려 주세요 핏줄을 향해 간절히 외쳤던 열매의 씨앗들은
하늘에 보라 빛 별이 된 159인의 애틋한 절규로
우리에겐 꼭 기억해야할 미완성의 이름들이었고

애도의 골목과 촉촉하게 마주하니
그날을 꼭 기억하겠습니다, 라는
한숨이 꽂히니 속살 파낸 먹먹한 핏자국들

살점에 엉켜 얼마나 아팠을까 하염없이 흐르는 눈물 속에
비친 소맷자락이 무거워서도 못 잊겠습니다

누구에게 하소연으로 되씹어야 하나
그날의 국가는 무엇을 하였는지

패인 상처는 도른 자*들로 두 번 다시는 깨물지 않으려고
시간을 도려내서라도 믿으려 했던 냉가슴에게 묻고 싶
습니다,

생때같은 내 자식들이
왜?

진상 규명을 거부하는 조치는 상처 난 곳에
새 살 차오를 상생마저 박탈하고 있으니 허무하고

숨 쉬기가 곤란하여 분노를 잊히려 해도
아우성의 고통들이 공기의 질감마저 짓눌려 버립니다

질기고 질긴 민의는 독하게 살아남기 위한 전쟁터와 같
다고 할지라도
이미 땅 속에서 봄이 시작되었듯이 우리들의 세상도

처벌이 아닌 다음세대에 대한 사고의 예방 차원이라도
본성本性으로 돌아가려 국민이기에 꼭 물어보고 싶었습
니다

* 태질 : 세게 메어치거나 내던지는 짓
* 도른 자 : 상식에 벗어난 행동을 하는 사람

햇살 42

불행이 있으니
행복은 가치를 더하고

어둠이 숙성이라면
여명은 희망이었다

햇살 43

엄동설한을 묶은
한기를 부추겨도

질기고 독한 발아는
땅속에서부터 시작되었고

자양분으로 뿌린 너에 행위는
포근하고 따사로웠다

4부

봄의 유혹

잉태하려 화려하게 구워놓으니
흥분된 꼬랑지로 시선을 옮켜쥐고

난봉 군의 걸음걸음
휘날리듯 설레었네

목구멍까지 차 올린 숨 가쁜 정사
찰나보다 빠르게 곁가지에 사랑이 돋으니

나목의 빈 가슴에 돋아난 앙가슴*은
온기를 보듬듯 자궁에 맺히고

봄 처녀의 비릿한 암내로
달콤한 향기를 수줍게 품었다네

바람이 전하는 속삭임의 이름으로
면상에 걸어 올려 실눈처럼 아롱지고

뚜벅뚜벅 걸으니 숨쉬기가 곤란하여
쫄깃한 심장을 하늘에 말려주니

상큼한 바람이 대지를 간질여
봄이여 서둘러 온기를 날리어라

알알이 터지는 낱알의 방사로
속아낸 걸음이 훈훈하여

햇살 맞아주는 따스한 내 음처럼
뜨겁게 포옹하는 연인들이 흘린 애정처럼

속살을 관통하는 순수한 사랑의 봄이 되어
발정하여 향기 타고 심해心海마저 반하리라

* 앙가슴 : 두 젖 사이 가운데

서 리

하얗게 뒤집어쓰고
날 세운 칼날처럼 뺀질거리며

낯짝 곳곳에 세우니
바람도 소리쳐 외면하는데

해 저무는 황혼녘
황금빛 노을을 보듬으니

은빛 비늘 숨죽이며
눈물 흥 근하게 맺혔구나,

불현듯 손 내미니
냉정하게 외면하고

추녀 끝 입김을 뜯어내려
냉기 품고 한을 씹으니

비틀대는 바람 속에서
갈대가 파도인 듯 일렁이고

비운의 청승마저
바람인 냥 차갑게 소리를 치는구나

파도 2

예측 없는 성토에
소리쳐 다가서니

내면은 잠들어
고요하기만 하다

힘의 근원
수평선까지 뻗쳐가니

숨 가쁜 의지
하얗게 질려있고

백사장에 뿌려두니
통곡하며 쓰러지지만

강물은 바다를
포기하지 않았기에

심해深海에 쌓인 먹먹함을
지르고 토해 낼 수 있었다

장미의 순정

여리 디 여린 가지
향기로 현絃을 퉁기고

바람에 띄운 입질
핏빛 요정 되어

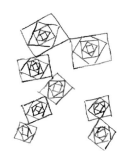

꽃잎을 물들이며
유혹하려 맺혔구나

쪽빛하늘을 배경 삼아
장미의 억겁에

아무도 범접치 못할
순정을 품었구나

태양과 견주려는
도도한 너에 자태에

자신마저 태우려
지독한 모습으로

변치 않을 오기가
내면에 감추었으니

새빨간 미모로
사랑마저 훔치려 하네

상 처

기억을 소환하였습니다
긁힌 꽃잎의 출생을 찾아

바람이 소리치니
생각을 더듬을 뿐입니다

흔적을 뒤져보니
발자취는 배여 있었습니다

어제의 과오는
책갈피 속에 잠들어 있었고

배여 나온 진물은
찢긴 상처로 각인되었습니다

버려진 진 꽃
이제야 알게 되었습니다,

이것이
현상現象이라는 이유로

개나리꽃

춘몽에 적신 마음
가지마다 꿰어 놓고

허공에서 맺은 사랑
바람 따라 날리었네

시선에 푼 아지랑이
대지를 흥분시키니

사랑을 방사하여
노랗게 잉태하였네

햇살에 닿을 세라
바람이 놀란 몸짓

내 사랑 별사랑
샛노랗게 설레었네

파 장

동지끼리
내 편 네 편 갈라 치고

내부자에 의해
발골 된 정치 논리

까발린 소리에
개들이 물어뜯고

민심을 동요시키니
이내 사실이 되었다

혈안이 된 마녀사냥
왜 진실을 모르겠는가, 마는

험담해서라도
뭉개야 생존한다는 수악한 근성은

근본에서부터 발아된
치졸한 습성이라

협치가 상승해야
믿음도 남다를 것이다

홍등가의 유혹

어둠을 씌운 야등아래
아낙이 수작을 걸어오는데

"제가 사는 집은 고개 넘어라"
붉은 입술에 꼬리를 치켜세우고

술 익는 냄새는 대를 이었음에도
여전히 화장은 짙은 색조를 더한다

먼 여행을 간 질긴 남편의 기억을 곱씹으며
이를 안주 삼아 수작을 채워보려는데

뱉어낸 말들은 상술에 묶여 가식이 날고
술잔 속에 쓸쓸함과 목 넘김을 하니

우수에 젖은 눈망울에서 외로움이 뒹굴어
민낯을 감추려고 마스카라의 음모는

술에 찌든 야화마저
샹들리에 조명으로 눈시울과 반죽해 버린다

짙은 립스틱 자국이
술잔에 지문으로 매달리고

삶에 찌든 세월이 시비를 걸어와
외로운 밤 처절한 악다구니를 보듬어 준다

여명 사이로 밤을 털어내려
피로를 더 과감하게 줄 세우니

숙취는 술잔에 정신을 빼앗기며
홍등가의 조명만이 취기와 정사를 나눈다

탓

누구를 원망하랴
아니 땐 굴뚝에 연기날 일 없고

시시비비를 가리려다
민생을 방치하니

민심을 편 가르려 혈안이 되고
권력에 편승하여 공정이 상실되니

힘의 근원 국민으로부터
발아된 것임에도 상식마저 버려지니

헌법의 가치는 유린을 당하고
주인의식마저 혼몽하였다

민주주의의 정신
개들을 주었는지

미래가 불확실한
하루살이 정치 논리

국민을 진객으로
섬기는 정치로

바르게 세워질까
근본 없는 미래가 암울하기만 하다

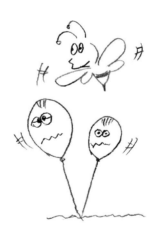

유혹

한 닢 딛고
또 한 닢 디뎌 서려

심장을 닦달해도
처음인 냥 그기에 서있는데

호흡을 희롱하며
온화한 입김 흘려보니

살랑대는 나부낌에
유혹은 대꾸도 없었다

바람결이 몽롱하여
흐느적이는 몸짓으로

산들거리는 행위는
나도 너처럼 노닐고 싶었다

꽃비 날리는 바람 따라
겨드랑이에 돋아난 깃털의 간지럼처럼

햇살이 숨긴 그림자를 희롱하니
심장을 산등성이처럼 눈부시게 구워놓았다

환상에 풀어놓은 색색을 구매하려
흰 고무신마저 햇살 받으려 비워 놓으니

빨갛게 익힌 해질녘의 수줍음도 담고
황홀하게 펼친 이름 모를 미소를 담아

널뛰는 심장을 수줍게 후려치면
눈 맞춘 이성의 사랑은 불꽃처럼
유혹으로 지피 우리라

첫 눈의 월담

뽀도독 소리치며
몸뚱이 굴러놓고

깨금발의 월담에
달빛마저 망을 보네

하얀 밤을 가로질러
창가에 내려서면

보얀 속살 감추려
달빛마저 잠재우네,

사랑님 부름 받아
애절하게 매달리니

배꼼이 내민 얼굴
흥분된 마음일랑

변치 않을 사랑은
순백이라 뒹굴었네

시인 놀이

허기져 물음표 따라붙고
감성은 야위어 가니

글자타령에 모음과 자음이
민초들로부터 발아 하였는데

표현은 공허하고 여지는 넘쳐나지만
뇌리를 뚫지 못하여 늘 허기가 진다

대왕님 가라사대 자책할 글자타령에
아직도 소통조차 이루지 못하였으니

흰 것은 백지요
검은 것이 사유로구나

익어가렵니다

곧게 세운 세월 속
시간이 시비를 걸어오니

너들 해진 몸짓에서
쇠 소리가 목청을 후리치고

시든 청춘
간절하게 매달리니

발라놓은 햇살이
육신을 보듬는다

진 빠진 세월은
꺾어질 운명이라

동여맨 기억 속에
청춘을 그리워하고

한 숨이 꼬리를 무니
지난날의 봄을 갈망하며

인생이 측은惻隱하여
초라하지 않으려

유행가의 가사처럼
와 닿는 인생처럼

늙어가는 것이 서럽다는 것에
익어간다는 위로로 보듬을 뿐이어라

첫눈 그 느낌

발자국 딛고서
소리 따라

첫 만남의 인연에게
손 내밀어 보려 하니

아롱진 님
수줍어 흔적을 감추었네

날 숨으로 유혹하여
들숨은 보듬으니

포근한 속삭임
수줍어 말도 못하고

닿기도 전에
사라지는 안타까움이여

첫눈이라 불러보는
촉촉한 이름이여

그 감촉 느끼려다
품속에서 울고 말았었네

장독대

내려선 햇살 따라
시간을 달구어 보니

양지 바른 곳에서
전통으로 배양되고

뺀질거린 어둠속 미생물과 합궁하니
기대는 품격으로 배여 들었네

영혼을 헹군 짜디 짠 단맛은
곳간의 대를 이어

감치도록 품어내어
혀끝에서 녹아드네

고깔을 눌러 씌우니
숙주宿主도 범접 못할

어머니의 고뇌가
하얗게 돋아나오고

양념의 보고寶庫
터전에 기대어

전통은 대를 이어
세세하게 발아하였네

사랑 눈

오신다는 님
햇살 머문 자리에 숨기려 해도

쌓인 높이만큼
시아에 명멸明滅하니

사랑에 붙들린 너에 고뇌가
동트기 전 백치의 거룩함이여

사라질까 호흡만 천번 만번 하면서
흥분하여 시린 숨 내쉬었네

알알이 흩날린 감촉
층층으로 쌓아올려

발가벗긴 몸뚱이를
걸신 걸리듯 지천에 뿌려놓았네

햇살에 돋아난 말간 모습은
순백을 씌운 순수함이여

스친 감정 사라지기 전
시선에 그리움만 쌓여있더라.

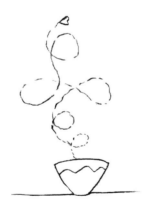

초 심

일상을 소환하니
돋아난 앙금들

지독하게 굳어 있어
공평하게 행사될까

비리에 찢긴 민심
진실에 발고하니

기망과 협작 속에
드러날 속임수

거짓에 베여
숨죽기를 원했던가

진실의 시각으로
초심을 불려보니

법치는 죽고 죽어
불신만 난무하였네

인간사 새옹지마
영원함은 없다네

노을 2

맞닿은 선아래
잿빛물결 일렁이고

비상하려 뻗은 터
하늘마저 비워놓았네

허공을 덧칠하려 감성으로 꼬리 치니
온몸을 적시며 흥분하여 배여 들고

머나먼 수평선까지
허공을 향해 불사르니

뜨겁게 피울 의지
핏빛에 홀려버린 낭만의 의혹이여

하늘이 충만하니
감성으로 물들이는 구나

동 행

나아가 보련 다
실망하지 않으려

앞 물결이 뒤 물결을
탓하지 않으려

뒤 물결도 앞 물결을
재촉하지 않으려

어깨 나누며
또 한 걸음씩

때론 빠르게
함께 걸으며

내일로 힘주어
나아가보련다

함께 한다는 이유만으로
이 또한 부럽지 아니 하겠는가

단 지

군중 속에서
허무를 느끼고

사막 속에서
외로움을 즐긴다

인파에 쌓여
고독을 느끼다

자아를 찾으려
행복 속을 헤맨다

봄 이래서
꽃 피울 생각

꽃이래서
향기로울 것이라

단지
차이일 뿐이다

사랑이란 합주

사랑하고픈 마음이 애달파
몽환적 시간을 간음하고

복사꽃 자락에서 바람에 씻긴 육신은
두 근 그리는 심장에 품었다네

애타는 갈증에 목이 말라
붉디붉게 물오른 핏줄을 터트리니

흥분된 꼬랑지로 임을 찾아 사랑을 찾아
허공에서 향기는 맴 돌기만 하였네

달달하게 휘 몬 순정을 적셔놓고
짝사랑이란 애정을 거두려니

달콤해서 사랑인가 운명의 장난인가
사랑을 이루려는 심장의 의도로

수줍은 그대에게 손 내밀어 보려하니
냉가슴을 앓는 그놈의 사랑이 문제로다

사랑의 부적

아름답고 향기로움
지천에 널브러지고

지독한 모습은
수정체에 매료되었다

네가 꽃이고, 너 또한
햇살을 탐하니

거망빛*을 거닐어
다가설 수 없었다

너에 추임새가 두려웠고
태양마저 넋 잃도록 눈부시어

격리된 야망의 사랑이여
간절한 영혼의 세레나데여

꽂히도록 황홀한 모습이
애간장을 태우듯 몹시도 두려웠다

거만스러운 흑장미의 미모여
유혹을 품은 마법의 손길이여

사랑을 쟁취하는
나를 위한 부적이 되어라

* 거먕빛 : 매우 짙은 검붉은 빛깔

꽃 물

그대 오셨는가
사랑을 유혹하려고

손끝에 여미려니
약속을 맺어 놓았네

기다림이 옹골지면
물들여 오시려 나

시간을 구워놓으니
아련히 스미다

홑적삼 던져 놓으면
물어 오려나

애타는 이내 마음
손끝에 품어 놓고

까만 밤을 지새우며
목매여 기다리는데

사랑 타령에 스며들까
애간장을 녹이는 이내 심사

긴긴 밤 지새우면
사랑이 이루어지려나.

손끝에서 맺은 약속
아롱지게 맺혀있었네

메꽃

아침에 눈을 뜨거든
활짝 핀 모습으로

향기를 감추고
호젓이 다가오게 하소서

혹시나
여명이 깨어 있거들랑

뜨거운 태양을 먹으러 왔다고
속마음 산등성에 걸어 주소서

밤새 절였던 열망
어둠에 떨며 화사함에 눈멀어도

사랑 먹으러 왔다고
햇살에 태워 주소서

암술에 핀 꽃잎 머금고
수줍게 내민 선화旋花여

결실을 맺지 못한다 하여
고자 화嫩子 花로 불리었건만

이 고을 저 고을 자궁에 뿌려
호색한 행각 부럽기만 하겠소

자식자랑 뜬소문 재울 길이 없건만
씨방 찾는 아낙네여 고자 화는 고자가 아닐지니

긴긴밤 동짓날 동장군도 울고 갈
불태운 사랑을 한 데에 잠재워도

솟구친 정력
지천에 뿌려 지리라

사랑의 돌기로 나댄 걸음이여
만개한 모습이 허공을 채운

사랑이란 이름이여
난봉꾼의 미소로 아롱지어라

어머니의 뜨락

"국화가 피었다오."

"썰렁함이 싫어
물만 듬뿍 주고

줄행랑을 치니
향기가 없지 않겠소."

"오늘이 그날이라오."

"주기는 십 일이라오"

"탈색된 화분에서 어머니가
베여있었소"

"흐린 어느 날 호스에 물 터지듯
후회가 바닥을 적셨다오."

"손때 묻은 세간
좀 더 잘해 드릴 걸 후회를 하였다오"

"국화가 나를 반기니
그리움이 발길을 붙잡는구려."

"손길 닿지 않은 꽃들도 있었다오."

"정을 담아
가족들에게 전해 주려하오"

"못다 한 아쉬움이
되새김 하는구려"

"많이 그리워지는
그날이라오."

"나는 어머니의 씨앗이라오."

(한국문인협회 월간문학 2022년 2월 공저)

또다시

간밤에 헹궈진 어둠이
아침을 맞이하려
속마음 붉게 비쳤네

모두가 잠들었던 고단함은
내일을 위하여
밑거름으로 거두어야 했던가

미래라는 희망을 위하여
소환당한 오늘을 혹사시키려고
뜬 눈으로 일어서는 청춘에게 반문을 한다

그리고서는
사족하나 던져주며
일몰이라는 어둠속에서 자아를 찾으려 한다

또다시
희망이라는 아침을 위한
미래를 위하여 그래야 했었다

청춘들이여
실패는 누구나가 경험할 과정이기에
두렵지 않아야 성공의 참 맛을 느낄 것이다

의 도

기지개 편 잎사귀
춘풍에 걸어놓고

열리지 않은 자궁을 유혹하려
뜨겁게 간질어보아도

애꿎은 향기마저 가둬버렸으니
사랑타령에 목맨 민낯

얼굴 내밀 기회조차 시들어
얼어 죽을 춘삼월만 탓하더라

설렘에 기대어
봄바람은 콩닥거리고

몽롱한 춘심은
부끄럽지 아니한가

흥분된 나부낌
수줍지도 아니한가

숨긴 의도는
봄이어서 그랬더라

쫄깃하게 간질이니
그 맛 뉘 알리오

초승달 1

어두운 밤바다에
얇은 미소하나 걸려있었네

돛단배에 꼬리 말린
웃음이었을까

사랑의 언어가 퇴색된
배신의 미소였을까

달콤한 속삭임
어둠 속에서 소리쳐

한 입씩 베어 물어
조각내어 만든 배로

떠난 사랑을
도피시킬 수 있을까

임아 게 서거라
배 띄우지 말고

수 행

비움은
공허空虛하겠지만

본디
빈손으로 왔다가는 인간사

욕심이
이기利己를 더하니

이름 석 자 남기는 것도
사치라

이 마저도
비워야 하거늘

5부

자반고등어

아침 햇살에
빨랫줄에 걸터앉은 고등어가
해풍에 그네를 탄다

지켜보는 고양이는
부뚜막으로 스며드는 햇살을 피하며
입술만 촉촉하게 적시고

그네놀이에 정신 줄을 놓았는지
고등어가 짠 내음으로 치장을 한다

노을이 물든 저녁은
고등어구이와 색이 닮아
입속에 침이 고인다

창살위에 걸린 고등어는
바닥이 불타도록 춤을 추니
온몸이 기름으로 마사지를 하고

어머니의 손놀림에
저녁 반찬은 고소하리라

코끝을 간질이는 비릿함은
고양이도 흥얼거리며 기대를 하고

아버지가 건네주시는 자반고등어는
저녁 만찬에 풍미를 더한다

(대한 문학세계 2018년 계간 9월 수상작)

상식

두 손 모은 기도로
소망을 지펴려니

타는 나부낌으로
기지개를 켠다

불신으로 새긴 상처
치유할 수 있다면

배인 구린내
인내할 수 있겠지만

공정과 상식이 너들 해져
국민의, 국민에 의한, 국민을 위한

국민으로부터 발아한 것임에도
주객이 전도되어 분노마저 죽임을 하였다

어제도 오늘도 내일까지도
탐욕이 잠들 그날까지도

국민은 먼발치에서
지켜볼 뿐이다

변곡점

1,
온기 말린 거죽에
바스라 지는 억장의 울림

내면에 담긴 풋풋한
너에 인내가 부럽고

2,
보듬어 준 배려는
지새울 고통의 시간들로

인위적이며 인위적이지 않은
가식들

3,
환골換骨하여

여민
책갈피 속의 방점傍點을 곱씹으며

새로움에
이정표를 찍는다

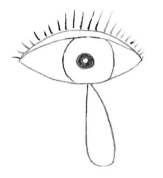

타 박

대의를 펼쳐보니
검게 멍들었구나

민의는
어떤 관점으로 돋아나려나

근심에 움 터
기지개를 펼쳐본들

불신이 삼킨 정의
논리는 눈 감아버렸네

초심은
가식만 토해낼 뿐

고통에 갇힌 오늘
인내로 열면

찌든 탐욕
씻기어 지려나

목젖이 짖는 절규
그에 의미는

가을이여

햇살을 갉아먹은 외로움이
바람에 차이고

지난 향기는 생리가 끝나
허공에서 자궁마저 찢어 놓는다

시간이 지난 모 걸음
시선에 꽂아 넣고

파란 하늘빛
선명하게 채색 하니

가을이 쥔 사치를
길섶으로 박아둔다

아스라한 기억도
어여쁨에 띄운 나부낌도

과거가 머문 미련이라
울컥하며 채워 넣으니

꼬랑지에 빨간 선 그으며
가을을 노략질하려

은빛 물결 굽이굽이
춤사위를 부르고

서걱 그린 바람이
하늘마저 울리며 소리를 친다

아!
가을이여

민 의 民意

규범에 탄원하니
민의는 유린당하고

조작이 정당하다
짜 맞추어 놀아나네

결정의 판단
놈 놈마다 분분하여

유유상종하였으니
판례라 치부하네

헌법이 죽으려
양심을 도려내고

슬프고 슬퍼서
정의는 말랐노라

씹다 뱉을 욕들이
가시처럼 모가지에 걸려 있으니

바뀐 정권도
매 한가지거늘

봉숭아의 월경

텅 빈 여백처럼
나목이 발라놓은 굶주림에

벌목당한 향기를 껴 앉고
뜨거운 허공에 걸터앉아

타는 세월과 결탁하려
모질도록 단맛을 채워 보았습니다

여름이 머문 지난 자리
속살을 벌려보니

연가戀歌는 시들어 가고
매질할 공명共鳴만 더합니다

손끝에 맺힌 끈적임
고인 입맛을 잊지 못해

시구詩句를 읊는 것처럼
욕구를 풀어 놓았습니다

여름밤에 채워질 암내는
본디 피 빛으로 물들이려고

붉디붉은 각혈처럼 너울져
월경에 흘린 소맷자락으로 도드라지나 봅니다

소 원

법당의 무게
합장하여 또 채워 넣으니

부처의 미소
욕심이라 비웃구나

눈 꽃

사분히 날리어
소리 없이 내려서고

디딘 발자국 흔적도 없이
시리도록 흥 근 하였네

순정에 반하여 손길이 맞닿으니
허물어지는 순백을 등에 지려

송이송이 너울거리다 나부끼니
싸릿대 외투를 벗듯 말없이 돌아 누웠네

숨죽인 양지가 해동될 때까지
저녁을 굶긴 시어머니의 변죽처럼

변신술로 언 땅을 비집은 발아는
물비늘의 숨결이 일어서듯

바람을 가슴으로 마주하니
눈꽃을 하얗게 얼려놓았네

사망선고

권익의 아성에
호소呼訴 날리어도

절규는 주둥아리에서 맴돌 뿐
자존감이 떨어져

매달려 본들
최후를 공유하였다

버텨낸 손끝
하늘에 던져버리니

바람이 기어들어와
식어버린 혈관을 무언無言으로 지켜볼 뿐이다

미 망 迷妄

생각과 기억 사이
논리에 풀어놓으면
사유는 편을 가르고

상식에 긁힌 고뇌
헛꽃*이 향기를 감추려니
의도만 남았구나

쑤셔 넣은 잡식
자맥질로 추려보니
진실과 가식 사이 미망迷妄이 상전이었네

* 헛꽃 : 열매를 맺지 않는 꽃

새 깃 유 홍 초

바람이 새 깃을 핥고 향기를 맡으니
햇살은 둥지에 머무르지 않고

오롯이 사랑꾼 되어 기지개를 켜듯 더듬거리고
행복을 뿌리는 볕은 마디를 딛고서

부는 바람 따라 사랑에 눈 먼 색감으로
아롱진 물감을 풀어 놓은 듯 매료 시켜

사랑스럽다, 라는 토설이 머문
하루를 취하도록 발라 놓는다

허공을 태운 몸부림에 흥분을 하니
동공마저 애절하게 감동시켜 눈물이 맺히고

해의 자락에 미소를 꽂히도록 뿌려주니
앙증맞은 꽃잎은 바람을 타고 나부끼었네

선명하게 차려 입고
반하여 눈이 부신 멍한 느낌에 꽂혀

간질이는 시선 따라 흥분을 이입시키니
꽃잎은 수줍은 듯 꼬랑지마저 물들여 놓았네

추궁

상처를 들춰보니
처분은 진실 속에 딱지로 굳어있고

힘없어 거짓에 베인 고통을
세월에 묻으려 해도

행위자의 위선이 헌법을 업신여기려
그들만의 이론으로 각인되었다

증거를 조작한 파리들의 만행은
헌법의 가치를 묻으려 정서情緖를 파먹어

내장을 요동치는 날선 분노로
서러움에 피눈물을 닦으며

거짓을 적시한 민초들에게 내린 처분에
정당正當하였는지 반문을 한다

법은 누구를 위해
존재해야 하는가

국민에게 부여 받은 권력으로
이 또한 부끄럽지 아니한가

첫사랑의 공식

번개가 치듯 두들겨버린
심장의 흥분을 달랠 길 없어

뇌리에 꽂힌 생채기처럼
설렘을 각인시키고

풀려버린 근육의 나태함으로
사모함이 아롱져

사랑에 빠진 마법처럼
육신은 나른하기만 하다

실체도 없는 달콤함에 매료되어
몽한 듯 꽂힌 사랑이란 이름은

내색하지 않은 부정으로
미묘하게 도취되어 있었다

첫 만남에 스친 기묘함이 간절해
상사병을 앓는 것처럼 심장은 붉게 요동치고

뜬 눈으로 지새운 지난밤들은
아롱거린 눈꺼풀 속에 숨죽여 놓아도

흥분된 마음을 진정시키기는커녕
용기내지 못한 간절함이 아쉬워

생각할수록 애착을 탄식하는 운명은
간절한 집착을 상처로 남겨놓았다

심장이 품은 첫사랑의 공식은
이루어지지 못한 사랑으로 각인 되어

세월이 품은 첫사랑이란
모래가 손가락사이로 빠져나간 흔적처럼

반짝이는 사랑의 잔해가 그리움으로
미련에 붙들려 살결에 고형물처럼 남겨져 있음이라

때

만삭의 풍요도 품어 주었고
인생이 시든 느낌도 남겨 주었더니

결과에 따라 내려야 할 판단
결정만 남아 있더라

갇힌 마음 막막하여
속내 띄울 길 암담하지만

불신을 털어내고
마법 같은 내일을 열어 주리라

영원할 수 없었던
서러운 과거만 미련에 남아

내 안에 갇힌 희망을
유산으로 남겨 주리라

이제 새날이 밝아오면
변화의 그때를 기다려야 하노라

신작로

구도로의 길섶으로
그늘처럼 스며들어

바람이 휩쓸고 간
갈 길 멀어 서성인다

변화의 생각을 들쳐 업고
어제를 올가미하려니

이미 폐쇄된 정류장엔
아스콘 냄새를 신작로에 뱉어놓았다

텃새들이 종종거리며
도로를 밝고서니

재생할 우듬지*가 환해지며
묶인 족쇄는 개방을 하고

가득 찬 커피 잔을 보듬어
햇살 지핀 승강장으로 조금씩 걸음을 옮긴다

* 우듬지 : 나무줄기의 끝 부분

결실과 햄릿

수로에 발 담그고
햇살이 주무르니

열정으로 채운
결실을 일궈내고

정성으로 소망을 가열하니
만추의 풍요를 손꼽아 본다

인생도 이와 같이
영근 곡식처럼 노력에 비례하고

재해가 도래하면 농부들의 고통은
쓰라린 슬픔을 껴 앉고

한숨을 뱉어낸 허망한 마음처럼
바람마저 업신여기는 쓸쓸함이어라

세상만사 뜻대로 이루어지지는 않겠지만
인생이란 죽느냐 사느냐로

연극의 대사처럼
햄릿의 절규가 귓전에 울릴 쯤

우리들의 삶에 끝자락을 적셔 보면
살아 왔음에 치룬 대가는 방점으로 존재할 것이다

정 분

암수로 엮어
어시대거든
어쭙잖다 말 하시오

나목의 거들 먹
살결이 거칠어도
자궁은 품었다오

달콤한 정분 나누려
시時 분分이 숫자를 긋듯
금슬은 지속하려 하지 않겠소

초승달 2

둥근 달빛 속
그리움 하나 떠올랐네

기억을 부축이면
시간을 갉아먹어

떠나려 멀어지니
조각내어 미련이라 걸어두었네

해 맑은 하소연
어둠에 숨겨놓고

이별이라 베어 물어
눈물을 담아놓았네

못다 이룬 아쉬움
긴 고리 걸어두면

발칙한 사랑이라
척박하지 못 하리라

감 성

가을이 물들어 오면
잎새를 날린 바람은
허공 속에서 악다구니를 치고

끝낸 생을 추모하려
국화가 떨 군 각질의 절규에도
슬픔이 베인 통곡을 담았습니다

가을이 물들어 오면
열정은 생기가 탈곡된
색감을 동여매려

기억을 구워 보지만
이미 바스러지는
미련을 소환하려니

두고두고 매질할 현실 앞에
지난날을 헤집어 보아도
허무는 추억마저 갉아버립니다

그리움 하나
통곡 속에서 꺼내 놓으니
운명은 소리를 던져놓고

생이 떨 군
마지막 유언마저
감성이라 속절없이 울어야 합니까

도화桃花의 여름밤

흥분된 시선 따라
치맛자락 흘러내리고

혀끝으로 눈 녹이듯 더듬어
맺힌 침방울로 살결을 애무해 보았습니다

수줍어 붉힌 얼굴 해 질녘 등불 아래
밤하늘로 가려놓고 한 겹 또 한 겹씩

마른 침 삼키며 한 올 한 올 벗겨 놓으니
농익은 순정이라 한 입 크게 베어 물어

뭉클하게 밀어 넣어 혀 속을 파고드니
달콤하게 스며들어 살내 음을 느끼었네

가녀린 마디를 꺾어 놓으니
헐벗은 몸으로 흥분되어 흘린 체액

부드러운 살결을 온기로 탐하여도
달달하게 익어가는 여름밤의 낭만이여

가슴을 애무하는 풍만함에 손 떨려
불타는 이 밤을 끈적이도록 간질이려

훌훌 벗어던진 나신裸身에 매료되어
지분거리다* 손끝에 메여놓았네

* 지분거리다 : 짓궂은 말이나 행동을 하여 자주 몹시 귀찮게 함

홀로 핀 미소

동여맨 겨울을 털어내려
시린 날을 햇살에 건저 놓으니

숨죽인 동토에
잉태하고픈 간절함을 매질하여

구원하려는 순교자의 운명처럼
온기를 여며 놓았네

한파에 절여진 겨울을
바람난 수컷처럼 살갑게 보듬으니

봉굿 내민 거룩한 행위를 위하여
삭막한 대지 위에 방사하였노라

잉태하려 속살을 지피려니
겨울 꽃 철없이 피었다 해도

발아할 소중한 기지개
염문이 해동될 때까지

바람에 기대어 홀로 핀 미소가
청초*할 뿐이어라

* 청초하다 : 화려하지 않으면서 깨끗하고 순수한 아름다움이 있다

초승달 3

어두운 밤바다에
얇은 미소하나 떠 있었네

사랑이 허기져
먹다버린 조각이었을까

애정이 식어버려
달의 몰락이 여민 돛단배였을까

수많은 별들의 속삭임
어둠을 헤치고 반짝이니

달은 누군가의 슬픔을 베어 문
눈물 적신 조각이 되었네

귀머거리의 개념

해마를 조각내어
아닐 함을 걷어 본들

사유思惟를 희석시켜도
시비是非는 색을 가르고

독선이 앞지르니
탕평은 의미가 없었네

허공으로 뱉은 짖는 소리
황망慌忙하여 듣지도 못하고

가식마저 닦달하니
이도 닫아야 할지

내 일

아침이 쏟아지는 광야를 노래하자

달빛 잠든 까만 밤에는
이슬 가둔 눈동자를 위하여

햇살 쏟아지는 눈부신 날에는
늙은 아버지의 기침을 일구는 아침을 위하여

몽글몽글한 사연에 고개를 들어
이별이 서러운 은하수 강을 따라

조근, 조근 나눌 행복한 이야기를
못다 함에 담아 보자

햇살 쏟아지는 아침으로 길을 재촉해 보자

어둠이 이입된 여명을 따라
지난밤에 흘린 희망을 주우러 가보자

허리 굽혀 사연을 주우려니
가랑이에 매달린 미련이 거칠게 튀어 오르는구나

꿈을 피울 내일이여

지난밤이 흘린 말간 달빛도 꿈을 실은 별빛마저도
서러웠을 만큼 척박하였으리라

아침이 밝아오면 살랑거리는 들녘에
바람을 누이러 사부작이며 위로를 해 보자

가을 햇살에 코스모스 향기를 담고
서럽게 우는 귀뚜라미의 유언을 품어보자

국수 같은 손가락 마주치는 박수로
오늘을 칭찬하며 응원해 보자

달빛 별빛을 데우려 한 줌 쥐었으니
아침을 향해 비상하라 하네

눈물 꽃이 피었네

울 어머니 무덤가에 한이 서려있었네

하늘나라 가셔도 근심걱정 따르니
잠 못 드는 이 밤에 눈물 꽃이 피었네

서러움이 짙어서 눈꺼풀에 달리니
물방울이 터지며 바람 따라 실려가

보석 같은 감정을 차디차게 떨 구 어
자식 생각 시름에 한숨만 날리네

그리움을 적시니 눈물은 흐르고
소맷자락 무거워 마를 날이 없었네

울 어머니 무덤가 한이 맺혀있었고

그리워서 그리워 불러보고 싶어도
빛바랜 기억은 애달기만 하여 라

살아생전 애달파 잠 못 드는 이 밤에
달을 보고 하소연 전할 길이 없구나

돌아오는 메아리 바람 따라 흐르고
눈물이 흐르니 두 뺨에 맺히네

손때 묻은 옛 추억 잊힐 날이 없건만
울 어머니 보고파 눈물 강이 되었네

울 어머니 그리워 가슴 속에 흐르네

두껍이 셈법

대문에 금줄을 친 액막이 풍습이 예스러워
탄생의 서막은 메아리처럼 요원하기만 하다.

여성들은 경력단절로 풀어야할 민감한 사안들을 연동시켜
암묵적 인구절벽의 예시를 암울하게 채워놓았다.

기업들은 이익에 눈멀어 사회 공헌의 의지가 절지切紙보다
미약하고
국가는 인식부족으로 돈으로 채운 복지 공감하지 못하니

인구절벽의 문제 소귀에 경 읽기라 암울한 미래는 호흡
마저 흐려져
인구 저하로 구도構圖가 원활하지 못하여 슬럼화는 가속
화 될 것이므로

청춘들이 자식 낳는 기계가 아니라면 국가는 어떤 희망
을 제시하였고
개인은 국가에게 어떤 의무를 지녀야 하는지
유구한 역사의 대한민국 존재는 이대로 소멸을 지켜보아
야 하는지

서울로 서울로의 잘못된 시대정신은 국가나 기업들이 선
도를 했고
경제를 부흥시킨 부모세대들은 늘 궁핍하기만 하는데도

대한의 국민성은 세계 어느 민족과 비교를 하여도 근면
하고 성실한 것이
자명한 사실로 한강의 기적처럼 늘 높은 평가를 받았었다.

그럼에도 사회를 비판하고 건전성을 보도하는 언론의 가
치와 기대마저
저 평가로 fact 보도에 입각하여 국민들에게 알 권리를
제공해야 함에도
정치권에 의해 미약하다는 언론의 본분을 깨워 주고 싶
으며

세계경제를 선점하는 대한민국이기를 기대하려니 국가
는 미래들에게
지방에서도 대기업 수준의 해택을 지원해 주어야 자존감
을 키울 수 있으며

대기업 못지않은 벤처 강소기업을 육성해야 지방소멸과 인구절벽을
 늦출 수 있을 것이라는 판단이 선다면

  청년들이 지닌 가치를 국가로부터 인정받고 보장받음으로서
  미래들에게 안정적인 기반을 마련해 주는 과감한 정책의 활성화가 시급하여

  겉 치레가 중요시되는 한국인만의 잘못된 인식 차이에서 서울 명문대학의
  지방마다 특성화 분과의 인재배출을 교육정책에 반영해야 유출이 없을 것이고

  또한 사교육의 망국병도 자녀들에게 자유를 과도하게 빼앗은 억압이라
  창의적인 능력을 발휘하는 교육정책을 백년대계의 초석으로 심각하게 고민을 해야 전개될 미래에 대한 발전을 기대할 수 있으며

서울 중심은 지방의 인재들을 tsunami처럼 빠져나간 통
로로
  black hole처럼 인재들이 독과점처럼 중앙으로 흡수시
키는 악순환으로

  상대적 박탈감처럼 인구가 빠져나간 지방의 소외감을 지
켜보아야 하는
  또한 흡수를 받아드린 서울의 과도한 평창을 강 건너 불
구경으로 관망한다면
  지방소멸로 재살 깎는 줄도 모른 채 서울지옥을 만들려
는 모순된 행정이며

  지도층에서부터 발아된 계층 간 불신만 초래할 뿐이기에
  수구세력들의 이익에 편승한 정책으로 불신만 주었다는
잘못된 정책이라면

  서울 중심인 신도시나 위성도시의 불균형이 지방소멸과
인구절벽을 가장
  빠르게 붕괴시킬 것이라는 보기 좋은 떡의 비유처럼 불
길한 예감마저 엄습해 오기에 과밀 서울의 탈피를 수도이
전에 논하는 고민을 해서라도 늦었다고

생각할 때가 가장 빠르다는 논리처럼 지구상에서 최초로 영원히 소멸될

　암울한 현실 앞에 선조들의 희생으로 이룩한 국가의 의미를 곱씹어서라도

　인간다운 삶이 가장 시급한 원초적인 문제라 storytell-ing으로 숙고해 보기를 권해 보련다.

고엽의 독백

비틀어진 잎새의 거죽은 짜놓은 두부처럼
어스러지듯 세월을 털어내고

도드라진 혈관이 거칠게 튀어나오니
뻥 튀긴 강냉이처럼 피죽도 못 얻어먹은 듯

진이 빠져 앓는 소리를 긁으며
숨결마저 거칠어진다

시간을 베어 문 시린 기억은
연인들이 흘린 감성을 잊지 못해

나목에 배인 슬픔을 껴 앉으니
잎새의 흐느낌을 느끼려 이마저도

가을이 남긴 발악처럼
지난날의 연민을 쑤셔 넣고

바람이 통곡하는 사연이 슬퍼
가을의 독백을 불쏘시개로 태우련다.

봉래산蓬萊山

신선이 청학을 타고
봉래산에 다다르니

하늘과 땅의 감흥으로
산신 할매의 둥지를 빌어 발아하고

시어가 기류를 타니
흰 여울*에 햇살을 뉘이며
기슭을 친다

그 옛날에도
절영도絶影島에는 한 시인의 심연心淵에서
이무기로 변하고 있었다

* 흰 여울 : 봉래산에서 내려온 물줄기가 바다에 굽이쳐 내릴 때 물거품이 이는
　　　　　모습이 흰 눈 같다 하여 붙여진 순 우리말